最美的

方块字

叶小龙 著

中国文联出版社

图书在版编目（ＣＩＰ）数据

最美的方块字 / 叶小龙著． -- 北京 ：中国文联出
版社，2024．7． -- ISBN 978-7-5190-5540-0

Ⅰ．I227

中国国家版本馆 CIP 数据核字第 20242RY543 号

著　　者　叶小龙
责任编辑　李　民　周　欣
责任校对　秀　点
装帧设计　悟阅文化

出版发行　中国文联出版社有限公司
社　　址　北京市朝阳区农展馆南里10号　　　邮编　100125
电　　话　010-85923025（发行部）　　　　85923091（总编室）
经　　销　全国新华书店等
印　　刷　三河市华东印刷有限公司

开　　本　710毫米×1000毫米　　1/16
印　　张　8.75
字　　数　63千字
版　　次　2025年1月第1版第1次印刷
定　　价　68.00元

序

祝贺叶小龙先生又出版了一本文集，而且是诗集。

他写得像诗，他写的是诗。

西方有个传说：人死后灵魂回归上帝，上帝会安排诗人坐在最上首一排，因为写诗是最难、最美、最动人的艺术。

中国是诗的王国。2000 多年前的《诗经》就代表诗的崛起，屈原写出《楚辞》是诗的第一个高峰，唐诗宋词元曲形成诗的高原。《文心雕龙》是剖析文学艺术（包括诗）的首部文艺理论，各代学者、诗人也各抒自己对诗歌的见解，但对诗的理性分析还不免失之零星和偏颇。本人不揣冒昧，试总结诗有三大写作特色。

一、有最精练的语言美。试想，律诗只八句，每句规定五字或七字；绝句更绝，只四句，每句五字或七字——要用 20 个字至 28 个字，或用 40 个字至 56 个字，完成一篇作品，表达一个主题，感动一群读者，需要多么厚积薄发的语言功力！

二、有最和谐的语音美。诗讲究韵律、平仄、节奏，所以读来朗朗上口、动人心弦，便于传诵，又需要多么厚积薄发的音韵功力！

三、有最丰富的语义美。激情出诗人，诗中充满了想象力，诸如比拟、映衬、反复、骈偶、层递、婉曲、夸张、拈连、呼告……想象的翅膀飞天入地，把语言的含义发挥到淋漓尽致，更需要多么厚积薄发的修辞功力！

当然，诗发展到现代诗，对精练、音韵、语义的严格要求也与时俱进地有了许多放宽，但正如鲁迅先生所说，还是应"大致押韵，易唱、易记，便于传诵"。也就是说，不能"宽"到无边无际，万变应不离其宗，如宽到失其本质，也就失去了本质——不成其为"诗"了！

为什么现代诗的读者群越来越少，而且有人慨叹读不懂现代诗，却反而能读懂和鉴赏 1000 多年前的唐诗？这恐怕与现代诗"宽泛"到失去诗的三大本色不无关系吧？甚至有不少更前卫的现代诗提倡无主题、无韵律、无修辞、无标点……更要命的是还不乏报刊会刊登这些不像诗的诗，是否是这些主编先生们怕人说他不懂诗而不懂装懂地发"诗"呢？这就沦为现代版的"皇帝的新衣"了！

但叶小龙先生写得像诗，写的是诗，而且有不少值得鉴赏的好诗。

是为序。

杨夫林

2024 年 5 月

目录
CONTENTS

第一辑

第一辑

自　勉

是龙的传人发明了纸，
也该由龙的子孙写上最好的诗，
五千年文明在殷殷嘱咐，
一万代后人会回首审视。

小小的我是接力赛中一员，
拳拳的心涌动着宏愿壮志，
用我的黑眼睛啊用我黄皮肤的手，
用我们独一无二的方块字……

我愿我写的虽仅一纸，
却给人以力的支持，
助一份抑强扶弱，
去一丝论非为是……

我愿我写的洁白一纸，
给人间添加美丽，
画出那五彩缤纷，
笑出了心醉神驰……

我愿我写的不会赚钱，

甚至千卷万册也不值一子，
但我愿用我的血为墨、肤为纸，
也不许我写的有半句伪文虚词……

一笔笔，显炎黄风骨，
一行行，尽中华英姿，
长城有弯啊黄河有曲，
曲折中更畅抒雄心壮志……

抒发划时代的追求，
描绘新世纪的沉思……
自豪于龙的传人发明了纸，
自强于龙的子孙正续写和谐新史……

从简单开始

本来，这是两个简单的字，

一天，被取作她的名字，

于是，笔画上长出可爱的面庞，

渐渐，字行间缠绕无尽的相思……

这俩字成了我的口头禅，

这俩字被我重复千百次，

好像我永远读不完它，

它是一首缠绵的长诗……

诗意源源地流进心田，

心田上有什么在开花……结子……

有人说汉字是最丰富的字，

啊，丰富正在于从简单开始……

不知从什么时候起……

不知从什么时候起，
我妒忌山峦和小溪，
山峦把她那村庄拥抱，
小溪在她的屋旁嬉戏……

不知从什么时候起，
我妒忌山路和田地，
山路留下她每日的足迹，
田地渗透她劳作的汗滴……

不知从什么时候起，
我连缥缈的空气也妒忌，
凭什么由你与她最先共鸣？
让银铃般的嗓音经你传递……

不知从什么时候起，
我暗暗高兴别人也在妒忌，
妒忌芸芸众生中小小的我，
竟在她心中有了……有了一席之地！

舟山游

看千舟齐集，万桅林立；

好一个舟中有山，山中有舟……

——知"舟山"来历！

望千舟竞发，万桅展翼；

好一派山动舟摇，山压舟碾……

——惊"舟山"气力！

迎千舟归港，万桅肃立；

好一片舟舟有余（渔），山山藏璧（鳖）……

——喜"舟山"报捷！

向千舟再见，万桅道别；

好一次舟海猎奇，山乡赴席……

——贺"舟山"大业！

拾稻穗

放学后，下田来，

我为成人拾稻穗。

一个两个——笑颜开，

三个四个——皱皱眉：

"喂！前面割稻那阿姨，

'细收细打'别丢开！"

忽然笑声响田间，

阿姨——啊！是妈妈把脸转过来。

妈妈点头应声"改"，

爸爸夸我做得对！

不老松

每日晨曦里，
有对老夫妻，
老妻坐椅上，
老夫推轮椅。

同游春光里，
同赏夏日奇，
同迎秋风起，
同为冬雪迷……

相语声轻轻，
相视笑眯眯，
相握手紧紧，
相倚情依依……

脸皱不皱眉，
年老不老体，
步少不少语，
车停不停议……

两位不老翁，

并行永不离，
两棵不老松，
顶天又立地！

"穿破才是衣，
到老才是妻。"
农谚虽粗俗，
字字闪哲理。

冬令暖色

银杏金黄枫叶红，
冬令冷景暖色浓，
敢斗寒潮顶逆风，
一树胆气如长虹！

路遥方知马力足，
日久始见人心忠，
多少硬汉随势倒，
多少英雄降逆风！

压力山大亮底线，
无处冲锋冲偏锋，
金色更比春色贵，
枫叶赛花别样红！

百年树木如树人，
顶天立地挺心胸，
心胸坦荡气如虹，
始识义士懂从容！

农家乐

喜见农家有书柜，
培育子孙肯化财，
世风庸俗心不俗，
日常琐碎志不碎！

喜听农家忆唐诗
切磋平仄韵律美，
一身土气有古气，
一席交流并不累！

喜为农家添微信，
连接世界建平台，
粗手茧指学点击，
视频通话笑颜开！

喜与农家谈天下，
土话声中有智慧，
句句实在接地气，
农谚论理更尖锐！

喜见农家下一代，

里间电脑上网回，
不见娇气露才气，
与我道别说"拜拜"！

和

老友相逢话语多，
都赞不老背不驼，
嘴甜耳甜心明白，
合情合理合风俗！

凡事不能一刀切，
切肉不能连骨剁，
合理的谎言也需要，
最爱的情话废话多！

子女问安都答"健"，
父母问事都回"可"，
再多的困难也克服，
再繁的杂事也办妥！

家和才能万事兴，
内外有别不混合，
人和才称"共和国"，
国本就在国泰民安共富足！

挖　土

往年挖土建水库，
全镇动员三年苦，
今见"抓机"挖新库，
三天未满见成果！

慨叹科技威力大，
现场诫子勤读书，
知识越多越有力，
改天换地有功夫！

小子横眉一瞪眼：
"自有专家下功夫。"
"专家年老谁继承？
科技进步谁超过？"

儿女默默做作业，
半途遇上拦路虎，
皱眉搔头眼含泪，
忽提增买课外书！

书费不贵悟性贵，

惰性成习如淤土，
浪子回头金不换，
喜为后辈挖智库！

桥

老家古战场，
水下架浮桥，
军运照样过，
敌机难阻扰……

老乡故事多，
保桥多英豪，
宁可站着死，
不作低头笑……

常带小儿听，
绕桥细寻找，
找物找传统，
磨洗认前朝……

人间多暗流，
留座连心桥，
据理敢力争，
宁折不弯腰！

相庆相约

机缘巧合回母校，
团团围坐一桌"老"，
把酒临风话当年，
爱学爱争爱胡闹！

人生难得几回争，
争先恐后效率高，
争得"行行出状元"，
在座的"劳模"就不少……

人生难得几回聚，
聚少离多别苦恼，
相庆此生收获多，
甜酸苦辣都尝到！

人生难得几回醉，
醉旧梦新话滔滔，
相约命笔《回忆录》，
总结人生更风骚！

古有《离骚》今"合骚"，

不骚冤苦骚新貌，

寄语后代赛前辈：

敢不敢天堂相会试比高！

登 高

登高至山顶，
蓝天比山高，
飞天登明月，
宇宙更广袤……

求知如登山，
境高引心高，
低头望来路，
步步有回报……

我自猿猴来，
猴脑变人脑，
动脑动思路，
路路再创造……

寰宇望星球，
地球最奇妙，
寰球望家园，
年年有新貌……

见低才知高，

进化靠比较，
比出苦中乐，
乐自苦中找……

求知虽艰苦，
苦中步步高，
一高一新境，
迎新乐陶陶……

淘尽人间乐，
更淘寰宇宝，
找到新人类，
携手再登高……

诚

挖土成荷塘，
堆土成山岭，
遍山植林木，
小径通草坪……

一举能多得，
处处见匠心，
城区添公园，
转眼通仙境……

城乡少差别，
小康改穷困，
家家置电脑，
处处读书声……

福中要知福，
幸福在安宁，
贪欲无止境，
唯诚不折腾……

书

一脚踏上图书馆的门槛，
犹如跨上远航的舷板；
贪婪地呼吸扑面而来的书海气，
惊惶地张望精彩的古、今、中、外……

每一个书座就是一个舵位，
每一本书都是一个世界：
我一下潜进意识流的马里亚纳海沟，
又随感情爆发冲出夏威夷火山；
山那边是充满爱情旋涡的百慕大三角吧？
三角外是更神秘诱人的南、北极地带……
我偏爱地先驶入唐诗宋词的乐海，
又试坐诺亚方舟从古罗马回返；
转身扎进新时期商品大潮中游弋，
又登上去银河系寻找飞碟的科学航班……

"丁零零！"——轻柔的关门铃把人们唤醒，
召唤各航班该暂泊港湾。
我一脚跨出图书馆的大门，
嘿！比一位远征归来的将军还气宇豪迈……

车　辙

村前大路闹盈盈，

路上车辙数不清，

深的是城里百货运下乡，

浅的是粮米蔬果送进城，

宽的是履带"抓机"代人工，

窄的是独轮手车装"电瓶"……

车辙覆车辙，

印满人间情，

人情如火懂交换，

百行千业出商品，

小商品通向大市场，

创业大道车不停……

第二辑

每个人……

在茫茫人海中，
每个人是那么平常，
像一粒似隐似现的微尘，
在空气中摇曳、消亡……

但在亲人脑海中，
每个人是那么难忘，
父亲永远是顶梁的柱，
母亲永远是遮风避雨的房……

更在历史长河中，
总有一批智者领航，
带领人们如何脱离苦海，
指引人群如何奋发向上……

在茫茫星海中，
每个人都是一束智慧之光，
昭示出宇宙中曾有一种"人类"，
闪耀着开天辟地与时俱进的一茬茬人性向往……

赏　梅

农历大寒节，
蜡梅开花日。
花香扑面来，
阵阵报春急！

好花不常开，
偏爱斗霜雪，
环境再恶劣，
炼我志如铁！

踏雪赏红梅，
花杰励人杰，
梅花催心花：
看谁多报捷！

心　态

辞旧迎新除夕夜，
继往开来又一年，
挫折看作好经验，
成绩当作新起点，
做人活在心态里，
心态一好百事甜，
甜甜蜜蜜过一世，
人人过成活神仙。

人与人相逢

人与人相逢，
总会有问候、沟通……
如果只聊些柴米油盐……
那只是声带的振动。

人与人相逢，
总会有交谈、补充……
如果只说些常用词汇……
那只是语言的运用。

人与人相逢，
总会有争吵、嘲讽……
如果想亮出种种不同……
那已是思路的触碰！

人与人相逢，
总会有争论、交锋……
如果爆发出逻辑和系统……
该庆贺人类思想升华的又一次幸运！

水

遍观万物，最柔顺的是水，

遇高它往低，遇阻它回头，

遇坝它暂停，遇礁绕着走，

若遇断崖也断向，

跌成瀑布更壮观……

遍观万物，最刚强的是水，

水磨功夫，水滴石穿，

水淹万物，最硬最强也枉然，

山洪暴发泻千里，

海啸顿令天地暗……

遍观万物，最刚柔相济的是水，

水能载舟，亦能覆舟，

水能向前，亦能倒灌，

有水润万物，无水成大旱，

顺水成水利，逆水成灾成祸首……

遍观万物，作家在《红楼梦》中判断女人似水；

女人最随和，女人最温柔，

女人最干净，女人最包涵；

若遇天灾人祸又定能养子育女母爱最刚强，
民谚有"宁死做官爹，勿死讨饭娘"的论断！

遍观万物，史家在千年史料中判断穷人是水，
人穷最驯顺，人穷志最短，
人穷被人欺，人穷如蝼蚁，
但逼急了的羊也会咬人，
官逼民反改朝换代曾令多少皇帝都发抖！

遍观万物，物极必反，
顺之者昌，逆之者乱，
可惜胜者必被胜利冲昏头，
可怜败者必至无路可退才奋起反叛，
万物如水，水映万物，
地球面积的三分之二是水，是否也意在映射人潮漫漫最强悍……

常人不常

路遇一常人说出一番不平常的话，
令我呆在当地十分惊讶！
久久望着他扬长而去的背影，
使我想着笑着希望满怀……

水不在深，有龙则灵，
山不在高，有仙则大，
中国的确是地大物（人）博啊，
十四亿人中未免有龙种仙家……

不同的天赋、不同的经历、
不同的追求、不同的见解……
十四亿不同中怎会不含最优最佳？
这符合"概率论"的科学精华……

堂堂中国仍"中"气十足，
龙的传人有龙种传家，
自立于民族之林五千余年了，
再多些历史风暴也不在话下……

重温这常人说出这番不平常的话，

令我活力倍增十分潇洒！

久久地缅怀他人去声在的胜境，

使我想着笑着回头嘱咐子孙们好好活着……

琴　声

路旁人家传出拉二胡的琴声，
一个个音符在跳跃飞腾……
连绵成一座座高山仰止，
婉转出一湾湾流水和鸣……

喜怒哀乐在穿插变幻，
甜酸苦辣在列队前行……
希望的火花直冲蓝天，
深思的幽泉永无暂停……

琴声不需要语言翻译，
乐曲不存在国界之分，
你我都感动于阳春白雪，
他她全共鸣在下里巴人……

路旁人家传出拉二胡的琴声，
一个个音符拨动人们的精气神……
地球的转动因您而丰富多彩，
人类的心灵随旋律而不断提升……

十年书

有朋自远方来，不亦乐乎，
自带来酒和菜，反客为主，
一杯杯倾满了思念之情，
一筷筷夹遍了酸甜辣苦⋯⋯

地球隔不断友谊情怀，
岁月消不了贴心倾诉，
多少事，从来急，只争朝夕，
多少情，却未断，缕缕如初⋯⋯

多少事，横看成岭侧成峰，
一经讨论各显风度；
多少情，茅塞顿开新天地，
再复杂的纠缠也渐渐清楚⋯⋯

有朋自远方来，不亦乐乎，
带来了远见卓识，反客为主，
人生得一知己足矣，
与君一夕谈，胜读十年书！

信　用

老爸高龄九十三，
有许多匪夷所思的老习惯：
理发要去理了三十年的小理发店，
买鞋要去乘十三路公交才到的小鞋摊，
说只有那儿的店理的发最有风范，
说只有穿上那儿的鞋才舒坦……

说习惯其实是信赖，
有信赖来自日积月累水磨功夫不简单，
千金难买回头客啊，
回头的引力重如山，
人与人交往到心贴心，
可算是攀登到心灵世界的最高巅！

理发买鞋虽小事，
经商理财也一般，
治国理政更一样，
一样的原理一样的起点一样的过程一样的
结果一环扣一环……
从此我不再相信神机妙算谋略策略等等《厚黑学》
失去了"信用"一切都完蛋！

红 梅

路旁林荫中有一排红梅，
一朵朵红靥笑得十分可爱，
告诉我春天已快到来，
告诉我人世已够完美……

它消减了我穷困的窘迫，
它抚平了我病痛的愁眉，
它安慰了我丧亲的悲哀，
它甚至改善了我年老的憔悴……

它花朵下的枝干漆黑如铁，
让我回忆起它一年的沉默，
却偏爱在严酷的寒冬含苞，
更奇特的是在平凡的冬景中盛开……

路旁林荫中有一排红梅，
一朵朵红靥笑出十二分可爱，
似在忠告我物极必反、否极泰来，
最可爱可贵的是敢于坚持、善于等待！

抚今思昔

人，贵有自知之明，
人群，贵在各展所能，
双木成林，三木成森，
民族，贵在自立于民族之林……

人，贵在不断超越自己，
人群，贵在不断有创造更新，
千里马常有，伯乐不常有，
民族，更贵在包容、试错、自我修正……

从钻木取火，到机械、电力，
从牛顿力学，到量子力学、人工智能，
点击手机就能点击世界，
抚今思昔连自己也不相信……

生为人类是物种之最，
大脑思维是进化之神，
地球虽大，不过是在人脑中转动，
宇宙虽广，也许广不过脑细胞的延伸……

文　字

多亏发明了文字，
才受教到两千多年前的孔夫子，
多亏有交流的文字，
才认识到天涯海角的马克思……

所以，每想到孙女辈在学校里上课识字，
每看到儿女们在电脑前著文打字……
我就连连点头，满怀欣喜，
我看到了智慧的永无停止！

手边还放有录音笔、摄像机，
身外还沸腾着互联网、智能仪……
文字已再加上了声像、智能的翅膀，
更展开了生命的多彩多姿！

谁说只有神话中的神仙才长生不老？
谁说只有科幻里的外星人才无所不至？
地球上的人类正在连创奇迹，
也许将首创出星际交流的寰宇语词……

默 戒

路上遇到有人走来，
一般都默默地让开；
偶尔路人问起什么，
一般也简短地应对……

人与人未熟悉之前，
沉默是相处的最佳状态，
人与人熟悉以后，
沉默可就是危险的病态……

要么他是一位高人，
居高临下地认为不屑应对；
要么他是一位"人渣"，
不懂装懂或懂装不懂地有所等待……

过高或过低都不宜相处，
都在等待被他一脚踹开，
务请你在沉默爆发之前居安思危，
因为世上多的是人类多的是可爱……

路 灯

一盏盏路灯，
像一排排哨兵，
驱逐了黑暗，
守护着光明！

纵横交错的路灯，
像遍地的繁星，
多少人已过上了神仙般的日子，
却未觉已与传说中的天堂相映相衬！

回想自己的一生，
辛酸苦辣一步一个脚印，
多亏有一段段警句、一本本经典的指引，
它们更像人生之路上的明灯！

谁说只有名人有警句、圣人有《圣经》？
回想自己的父老叔伯兄弟姐妹们，
只言片语都光芒四射、发人深省，
发自真心就能发出人生之路上的光明！

我没有遗产，但我有一生的辛酸，

我文化不高，子孙们会用《回忆录》让我永生，

只言片语也可连成《语录》，汇成系统就像现代《圣经》，

发自真心不就像承先启后的又一排人生路灯！

太极拳

路遇朋友告诉我已学会了太极拳，

兴冲冲还即兴表演了一段，

果然是柔中有刚、刚中含柔，

不愧是古人积累的健身真传……

回单位上班渐觉事事棘手，

一点点小事都须请示备案，

等到批示下来又说不归他管，

推来拖去不了了之却人人神清气安……

环顾四周似曾相识，

柔中有刚、刚中含柔，

如果全社会都学打太极拳，

误国殃民中个人只"健"在苟延残喘……

布　谷

喜鹊叫，报喜事，
布谷叫，催农事，
布谷布谷"快播谷"，
一年丰收从此始……

忽闻校园钟声响，
正是学生上课时，
又闻门铃催开门，
有朋来访谈外资……

更接讲座来通知，
大师光临论时事，
语不惊人死不休，
边听边记美滋滋……

声声"布谷"响盛世，
百家争鸣催世事，
智慧的种子播心田，
心花怒放正逢时……

茶 花

路旁茶花别样红，
如火灼灼难形容，
忆及名著《茶花女》，
豁然开悟又朦胧……

卿卿我我算什么，
搂搂抱抱更轻松，
爱到彻骨爱入髓，
竟在不言不语中……

为爱献身为爱死，
只要对方能幸运，
真相大白人已去，
后人仰望空对空……

人类感情多多少，
情真意切难形容，
忠孝节义都含爱，
爱到如此极致
也许可遇不可求……千载也难逢！

台　阶

公园四处有台阶，
游客凭兴步步迈：
有的登塔顶，有的上假山，
有的下地宫，有的去港湾……

人生多处有台阶，
做人有志步步迈：
有的升学府，有的上官阶，
有的下商海，有的纯为玩……

中年以后多成家，
回眸经历不简单：
有的成专家，有的蒙灾难，
有的变巨富，有的获点赞……

人到老年才明白：
台阶虽多同终点，
不用悔当初，不必多感叹，
同悟人生是过程，步步有景该放慢……

风

满目冬景沉睡中，
一树梅花灼灼红，
百花未开我先开，
斗霜冒雪敢顶风！

人非草木却胆更尿，
左顾右盼顾虑重，
尽管也喜百花开，
搭惯了便船惯跟风……

人人跟风似无风，
真理永在沉睡中，
醒者反遭众人骂，
黑白颠倒起歪风……

世风一歪你跟不跟？
不跟也在风险中？
二律背反悖论多，
空对红梅……不知所云……像中风！

玉 兰

玉兰开花大如斗，
树身挺拔好伟岸，
不要人夸好颜色，
朵朵素妆白皑皑。

谦谦君子崇自然，
不求外表求内涵，
腹有诗书气自华，
特立独行无污染。

暖暖小人爱群聚，
人多势众长斗殴，
蝇营狗苟重计谋，
蝇头小利大如斗。

可喜天平无倾斜，
人寿百年尽白头，
流芳百世者永不老，
遗臭万年辈悔已完！

书

每忆小时家境贫，
访友借书借学问，
一书到手忙充饥，
啃书啃到夜复明……

每忆少时家境贫，
书店看书偷学问，
一书在手难放手，
狼吞虎咽囫囵吞……

每忆年轻家境贫，
讲座旁听傍学问，
大师在旁赛书库，
胜读十年胜补参……

如今工资多买书，
家中书柜立成林，
腹有诗书气自华，
自慰知天知地知做人！

成　长

每忆起过去的日子，
从无知到明智到睿智，
要感谢父母的养育之恩，
更感谢一位位启蒙的老师……

教我牙牙学语教我念书识字，
教我加减乘除教我分析透视，
教我树立了梦想幻想理想，
教我如何去探索如何去沉思……

更感谢"书本"这位恩师，
每一本都启动一段成长史，
特别是图书馆内几十万部藏书，
几乎囊括了人世的聪明才智……

最感谢"生活"这位大师，
让知识活起来站起来扎根长枝，
吸收与时俱进的各种营养，
试开出百花争艳中的一朵孕育出新成果的雄姿……

人生在最成熟时渐渐老去，

实在是一件最可惋惜的憾事，

不，老去的不过是躯壳的累赘，

永生的是我的著作已被列入《图书目录》和《入学须知》……

踏　青

桃红柳绿万象新，
呼朋结伴去踏青，
轻踏少踏浅浅踏，
脚下到处是生命⋯⋯

小草摇头百花笑，
别把生机太看轻，
相踏相拥似相吻，
人间的"踢踏舞"多有情⋯⋯

踏扁挺起是锻炼，
我与人类在较劲，
踏遍青山人未老，
长遍大地比青春⋯⋯

踏青踏出生命力，
动态更比静态新，
喜听天地生命歌，
人间疾苦一风清！

有朋自远方来

有朋自远方来，
不亦乐乎，
心音自远方响起，
伴奏着渐近的脚步……

步声是那么熟悉，
步伐是那么清楚，
踏出你独特的铿锵有力，
踏响你非凡的沉稳大度……

回声在我心中激荡，
激起一阵阵心潮起伏，
冲刷出一座座高山仰止，
回旋成一道道流水共舞……

人生得一知己足矣，
一句句闪耀切磋之火，
火光是否照亮芸芸众生？
自有岁月考验留待后人评估……

放风筝

爸爸叫，妈妈笑，

一群少儿在飞跑，

小手高擎手中线，

线连风筝天上飘……

爸爸像个大风筝，

天南地北把工程包，

筝线不离妈妈手，

月月向家汇钞票……

我是家中小风筝，

别看人小志不小，

考上大学再读博，

成才理想如天高……

爷爷更像架铁风筝，

穿越穷苦、抗争、胜利、发展九重霄，

晚年正写《回忆录》，笔走龙蛇似放线，

俯瞰人生还在飞高，再飞高……

慎 小

苍蝇不叮无缝的蛋，
一定是先露了占小便宜的胆，
拾到钱包不还人，
占了好坐享舒坦……

天上不会掉馅饼，
先想想该不该吃这口饭？
第一口甜头是吞鱼饵，
中甜、大甜是逼你就范……

从小就不该学小聪明，
真实、善良地把人生之步迈，
多少汗水换多少果，
按劳取酬是真舒坦……

敢闯黄灯就敢闯红灯，
敢触红线就敢踏红地毯，
贪小失大往往试错于零点一，
一失足成千古恨时悔之已晚……

新

清明时节万象新，
呼亲携友去踏青，
亲朋好友独缺老，
别有忧愁暗恨生……

姥爷姥奶留不住，
百般医治无效应，
自然规律冷如铁，
一片默哀对祖坟……

坟前春草绿茵茵，
墓畔新树柏森森，
昭示生命永不灭，
新陈代谢更旺盛……

新生小儿正学语，
额角像爷好方正，
儿童少年忙游戏，
眉角眼梢如姥俊……

更喜好学成绩佳，

一股犟劲传个性，

青出于蓝胜于蓝，

踏青祭祖代代新⋯⋯

缘

亲情是血缘，
爱情是姻缘，
友情是投缘，
一见钟情是缘中缘。

生为人类不容易，
同活世间更稀罕，
互帮互助仅百年，
百岁以后永无缘。

回看日常百事小，
名利得失自找愁，
纵有恶人多折腾，
恶有恶报不到头。

细察世间万事美，
有声有色有情感，
更喜节日假日多，
常约常聚常团圆。

惊觉人间人不断，

人生精华代代传，
青出于蓝胜于蓝，
人情永在续人缘！

第三辑

博

于平凡中见超凡，
于友爱中见真爱，
于日常中见非常，
于无声中听惊雷……

为山九仞，功亏一篑，
超凡入圣，日积月累，
困难，莫大于平庸，
危险，莫大于琐碎……

特立独行会招惹是非，
庸庸碌碌是世间常态，
为人一生唯这一次，
有几人珍视这唯一的机会？

人生难得几回搏啊，
三百六十行，行行可夺魁，
不成功便成仁吧，
笑对百年高寿，无非是殊途同归！

心

一草一木，
皆可视作美景；
一挫一折，
皆可视为有成……

悲观厌世，
乐见其成，
心态即为生态，
心情改变世情……

何谓修养？
修正旧原则，养成新标准，
何谓水平？
如水润万物，平等待他人……

世上最广阔的是海洋、天空，
比海天更广阔的是心境，
地球算什么？宇宙算什么？
不过是心中待解的一个个疑问……

睡　莲

睡莲不睡，
皑皑花开，
映水而立，
熠熠生辉。

傲而不露，
含而不卑，
媚而不俗，
色而不随。

识自何处？
学自何位？
醒自何时？
情自何来？

睡莲装睡，
目空周围，
欲开则开，
自立自爱！

书

案头有书不愁贫，
开卷有益日日新。
字字垒成黄金屋，
句句溢满知己情。
促膝长谈不费时，
把酒言欢无须停。
他日共贺新作时，
作者某老又新生。

小　草

忽见一株石缝中长出的小草，
忽像听到一篇生命活力的宣告，
尖尖的嫩芽像金刚钻一样无坚不摧，
瘦瘦的茎秆似钢筋铁骨般不屈不挠！

我破除了植物必须有泥土的条件，
我逆转了成长需有水和空气的基调，
我偏在石头上高唱生命之歌，
我开创了向死而活的叛逆先兆！

万物都始于从无到有的奇迹，
我为何不能吼出无中生有的第一炮！
尽管还有多少天烈日飓风在虎视眈眈，
尽管还有遍地的茂草鲜花在旁观、冷笑……

每一步艰难都不过是一次洗礼，
每一步挣扎都如金蝉脱壳般备受煎熬，
我将照样生长、开花、结子，
看吧，我还力求把坚强的种子撒向新的石缝、岩礁……

西施故里游

西施故里游，
人在画中久，
久久难离开，
总觉美不够……

景美情更美，
乡音句连句，
声声含不舍，
字字在挽留……

今意赛古意，
人生难得聚，
尽在不言中，
再敬一杯酒……

酒酣展歌喉，
满座尽唏嘘，
高山与天齐，
春水千古流……

人　生

苹果是甜的，

梅子是酸的，

辣椒是辣的，

人生是酸甜苦辣的。

团聚是喜的，

分离是悲的，

疾病是痛的，

人生是喜怒哀乐的。

成功是少的，

损失是多的，

弥补是难的，

人生是多灾多难的。

追求是好的，

贪欲是坏的，

诚勉是对的，

人生是好坏混杂的。

明白是真的，

宽容是善的，

舍得是美的，

人生是真善美一体的。

酒　味

偶得一拙作，
细读诗意足，
厚积又薄发，
灵感更神速……

平日重耕耘，
不受成果惑，
该来终会来，
弄巧反成拙……

汗水不嫌多，
慢工出细活，
一句三年得，
迟早有收获……

获诗也不急，
放它两三月，
名诗冷处理，
从头再修凿……

修凿似精品，

还比唐诗弱，

再放两三年，

陈酿酒味足……

人同草木

草木青翠花果红，
满目生机含讥讽：
似问为何长沉默？
身手虽健少笑容？

风吹雨打日常事，
虫蛀鼠啮属小痛，
纵有霜雪五雷轰，
浩劫过后又繁荣！

新陈代谢是规律，
生老病死接新种，
两眼生就朝前看，
明朝又有新内容！

一天应当一年过，
小喜累计成大功，
十年树木百年树人，
你我同学不老松！

合　理

夜听风雷起，
一夜雨霏霏，
农田正缺水，
万物露生机。

何谓"及时雨"？
贵在合时宜，
雨丝似情丝，
老天亲大地。

地气迎天气，
阴阳合双喜，
独缺东风时，
东风似"天意"。

居功别自傲，
人功只其一，
敬畏大自然，
合力最合理。

门　铃

日常常闻门铃声，
开门方知是幻音，
常盼儿女回家来，
又知儿女忙不停……

忙不停，别回门，
做人就该像个人，
人生成果多少有，
也该回家报喜讯……

报喜讯，真报讯，
这天真的响门铃，
急急开门老伴笑，
是她试铃灵不灵……

没事找事好气愤，
老伴摇手别争论，
惊动四邻会笑话，
还是……轻轻回家再等铃……

滋　味

白天有和爸爸的绵绵回忆，
夜晚有和妈妈的美梦依依，
谁说祖辈会老去逝世，
他们会永远活在后人心里……

白天会重读他们的《日记》，
灯下会重温他们的诗意，
有些是你们想得深啊，
有些是我们看得细……

时代不同体验各异，
历史多变胜负更替，
但人类永远是人类啊，
七情六欲如同阳光空气……

活在当下也活进历史，
驾驭着历史又驶向新世纪，
人生生我我生人生，
生生不息活出了人生真滋味……

福

世上最幸福的是有人懂你，

有人帮你，

有人想起你，

有人难忘你……

古训有"人生得一知己足矣"，

想不到"足"在自己，

民谚有"千金难买背后好"，

想不到"好"得那么容易……

唐诗有"不识庐山真面目，

只缘身在此山中"，

身在福中不知福，

只缘身在芸芸众生里……

旁观者清，

当局者迷，

此生不虚，

来生可期……

笑

流水不腐，
户枢不蠹
别叹劳累，
动胜进补……

活在当下，
平安是福，
别去攀比，
没苦找苦……

官苦官场，
财苦财路，
越多越累，
祸福难估……

有兴唱歌，
有伴跳舞，
有幸为人，
与笑为伍……

珍　惜

穿破才是衣，
到老才是妻，
别小看洗洗补补，
洗好补全才是万物完善的标记。

好文章是修改出来的，
好主意靠琢磨、推理……
好朋友是磨合出来的，
好生意靠谈判、协议……

居里夫人发现核裂变经过上百次失败，
每一次卫星上天先须千万遍试飞，
美国宪法的诞生经过二十七个修正案，
人类的出现经过近百万年的进化、变异……

多少"时髦"到头来被证明是跌入"误区"，
一次性消费像"一夜情"一样毫无意义，
快悬崖勒马回头是岸啊，
请珍惜身上的衣、身畔的妻……

由小见大

邻居之间碗换碗（菜），
亲戚之间篮换篮（礼），
千里鹅毛一片心，
读完微信回个"赞"……

来而不往非礼也，
礼小情重莫轻慢，
人人心中有杆秤，
说声"谢谢"也算还……

偏有诈骗耍"小聪明"，
"打一枪换一个地方"保万全，
更有弄权耍"大智慧"，
偷天换日无底线……

骗得了今天瞒不过明年，
遮得了实践熬不过时间，
众怒难犯是火山口，
历史记录有万万年……

周　末

请试试把一天拉长成一年过，
敢不敢在每分钟追寻一万八千秒快乐，
彻底地放松吧彻底地放开，
过一个完完全全圆圆满满的周末……

每一道美食都细嚼慢品，
每一处美景都巡视过目，
哪怕是在午休的美梦里，
也把每一种浪漫全力追逐……

无话不说无处不谈，
谈天就要谈破天谈个天翻地覆，
无法想象设法去想，
想象就敢想成象想成龙不断穿越……

我是在放松每一块肌肉，
我是在舒缓每一处筋骨，
记得曾有伟人一再叮嘱：
不会休息的人也不会工作……

听　课

从小学到大学，
教我的教师（授）历历在目，
最难忘的有那么几位，
那几位是我的再生父母……

父母生我养我出凡胎一个，
老师教我导我才有知有觉，
知道周围的风光觉悟登攀的风险，
明白人之为人明白接班的重托……

凡生物都有生殖的机能，
唯精神的传承光大只谢师恩"伯乐"，
我虽是"百里马"却认定"千里"目标，
我不能辜负谆谆教诲唯有毕生求索……

"路漫漫其修远兮"代代有人，
人链的历史中有一个不倦的我，
因为我心中永远活着博学的导师们，
白天的回忆夜晚的美梦永听着你们的课……

知　己

自以为春风得意，
忽然却马失前蹄，
谦虚使人进步，
得意将双目蒙蔽……

人贵有自知之明，
大都失在高估自己，
亲朋好友往往赞誉有加，
对手敌方以蜜糖包裹凶器……

当局者迷，旁观者清，
可惜旁观中难有直言真议，
倘有人漏口话不中听，
请立即当宝交为知己……

为什么手术要请医生？
自己割自己谈何容易，
人生得一知己足矣，
最大的知己会声色俱厉……

扬长补短

劝君莫自高自大，
国（儒）学中缺少数理化，
尺有所长寸有所短，
历史局限毫不奇怪……

扬长避短是人之常情，
补其不足扩其精华，
难在己成之局会形成惯性惰性，
更有形形色色的井底之蛙……

既得利益者会指鹿为马，
趋炎附势者会说鹿亦马，
缺文少智者会不知有马，
惯随大溜者会盲人骑瞎马……

千里马常有伯乐不常有，
主因在伯乐要冒风险凶杀，
好在初生之犊不畏虎，
已吼出"国学中确少数理化"……

盐

上年纪的老人往往发现：
相仿的经历会出现两遍、三遍，
所以老人往往爱倚老卖老：
你们吃过的饭不及我吃过的盐……

相同的滋味为何会重复出现，
相同的怪味来自人性的缺陷，
总有些得一想二的人想三想四，
总有些想三想四的人又想成仙升天……

历史为何会重复出现两遍多遍，
说明历史规律不可改变，
异想天开只能在梦中成真，
异响震天不过是井蛙的一时喧嚣……

地球不可能因你而停止转动，
天体不可能因你而倒行逆变，
逆天而行往往消失得像一颗流星，
一颗颗流星就成为重复的谈资、下饭的油盐……

万代友

故乡古楼居老友，
老友已逝楼依旧，
一桌一椅有余温，
一语一笑犹在耳……

人逢知己千杯少，
家贫常用茶代酒，
谈天说地是下酒菜，
妙语连珠赞不绝口……

与君一夕谈，
胜读十年书，
顿悟生前身后事，
眼明心亮更抖擞……

儿孙搜出床下纸，
竟有《日记》《随笔》《诗词赋》，
我搂旧友笑、哭、笑……
从此仙风道骨万代留……

寿

蓝天白云在招手，
青山绿水也点头，
生态心态两相好，
请我回归大自然……

大地总比大厦宽，
空气比空调知冷暖，
五粮六谷加百草，
食补比药补更完善……

人间虽好多争斗，
尔虞我诈费盘算，
不如远离是非窝，
洁身自好心自安……

我与天地同呼吸，
喜与日月长相伴，
天长地久无尽头，
阴阳和合合长寿……

好

都嫌赚钱少，
都恨人快老，
何必唠唠叨叨，
可能心态不好……

钱少就少花点，
人老就悠着点，
何必自寻烦恼，
顺其自然就好……

大自然草多草少，
大世界树大树小，
尺有所长寸有所短，
参差不齐刚刚好……

你若赚钱少，
也许身体好，
各有所长补所短，
才让你快快乐乐活到老……

第四辑

笑　容

天照亮，地照动，
芸芸众生照芸芸，
规律似铁安如山，
庸人自扰自发疯……

天生我材必有用，
地载万物永繁荣，
顶天立地笑口开，
笑解百结去病痛……

英雄辈出五千载，
五湖四海多风云，
多少悲欢眼前过，
多少血汗留教训……

历史是本日记簿，
有我一页记虚荣，
质本洁来还洁去，
来日可期留笑容……

探　险

一步一境界，
一思一见解，
莫叹人生短，
真理传千年……

步步新境界，
百思见新天，
不比不知道，
回眸叹"浅见"……

量小非君子，
自满如自恋，
继往再开来，
来日更向前……

户枢永不蠹，
流水永保鲜，
人类代传代，
贵在敢探险……

球之光

春夏秋冬一年满，
回眸细忆心坦然，
为人未做亏心事，
助邻帮友有小善……

出门面对多微笑，
就事论事无暗算，
半夜敲门心不惊，
床头有书有老伴……

偶有所得成笔墨，
不为名利为留传，
每叹俗世真言少，
后人受益我心安……

一代更比一代强，
人类的发明永不断，
我为人温献份热，
地球之光亮宇宙……

勇 气

常怪世事不如意，
细思如此已不易，
谋事在人成在天，
大势潮流加运气……

小小个人诚宝贵，
眼光独特超常理，
人间发明由此来，
牵一发动全球日新月异……

个人集体属悖论，
如何兼顾是大课题，
解题急需大智慧，
人才辈出终有朝……

有期不如有行动，
贵在当下贵自己，
王侯将相宁有种？
不如责己律己"舍我其谁"一鼓勇气……

童

在我记忆中，
她是小孩童，
相见眼一亮，
如花灼灼红……

青春舞步来，
老态迎龙钟，
隔代无代沟，
谈笑路路通……

谈天又说地，
天地贯彩虹，
更喜意气高，
读博攀高峰……

临走连"微信"，
握手"拜拜"中，
赞我不减当年勇，
活脱脱一个老顽童……

心　态

一觉醒来精神足，
又活一天多快乐，
乐在其中不知老，
不觉百岁已超越……

忽忆童年染病魔，
三天两头要吃药，
人人忧我活不长，
爸妈床头抱我哭……

成年家贫无书读，
借书识字算上学，
人人笑我书呆子，
头脑痴呆钻牛角……

中年恰逢"运动"热，
戴帽游街遭侮辱，
上台斗死又还魂，
人人骂我踏一足……

细数一生如乱麻，

没想到越活越想活，

大难不死有后福，

福在心态永不弱……

活

高瞻远瞩人人有，
真知灼见不容易，
自以为是最常见，
失之毫厘谬以千里……

自娱自乐自作秀，
小圈子里骗自己，
井蛙之见响如雷，
恰如蚊蝇嗡嗡飞……

更有蛮勇逞凶横，
不许卧榻有异己，
我是流氓我怕谁，
我说有理就有理……

夜色乌黑天照亮，
霜雪杀草壮根系，
真知灼见似良种，
终迎春雷活大地……

攀　登（一）

上山脚骨酸，

下山脚骨抖，

各有利和弊，

切莫想当然……

有得反添累，

有失少纠缠，

塞翁失马时，

焉知福已候……

活在当下好，

随遇都可安，

处处含机遇，

贵在埋头干……

天生我材必有用，

各扬所长避所短，

最喜一生回头看，

攀登的足迹永不断……

请　柬

窗外是好山好水好景，
桌上是好土的野菜山鸡竹笋，
围坐着好客好友好人，
畅谈着好深的学问……

人间在这里浓缩，
日月在这里巡行，
宇宙再大再广再包罗万象，
大不过包不下思考的心灵……

运筹帷幄决胜千里外，
矫正纠偏紧绕着良心，
什么讲座、赛事、盛会，
比不过这山乡茅舍笑论……

山不在高有仙则名，
水不在深有龙则灵，
寄言有识之士有情之人，
人生得一知己足矣快来品茗散心……

前　途

甚嚣尘上无处可读书，
茫茫俗世竟无一寸净土，
躲进小楼成一统，
心静自然凉处处可避暑……

心态好过生态好，
由里到外一切都宜居，
惹不起不如躲得起，
恶狗远避有若无……

案头有书不愁贫，
枕边老伴懂家务，
身教更比言教灵，
膝下儿孙上正路……

清官难断家务事，
我在家中通今古，
不变可以应万变，
笑看邪不胜正妖雾渐收渐渐亮前途……

续　集

案头有书、纸、砚、笔，
一桌精神食粮如满汉全席，
历史遗产在灼灼闪光，
人类文化在谆谆启迪……

站在巨人的肩膀上，
我饱餐前辈培植的珍果琼液，
果液甜美更含回味：
你可为继往开来添枝加叶？

与时俱进代际更迭，
你可为我遮风挡雨驱虫防窃？
新品新种新见新历，
你可为我首创杂交敢于嫁接？

五千年文明给我一道道考题，
一万代后人在等一桌桌新席，
快铺开你面前的纸提起你手中的笔，
敢为人类文明增写新页再版续集……

惊　喜

芸芸众生，和而不同，
有人适合做学者，有人擅长做技工，
遗传有别，追求异众，
您写的著作大开脑洞，他出的绝活巧夺天工……

天生我材必有用，
闻道有先后，术业有专攻，
只怕懒惰多，最怕私心重，
超弯道弯上了绝路，抄捷径抄成了盲从……

浪子回头金不换，
垃圾也能回炉用，
自知之明越活越聪明，
井蛙之见可以响警钟……

多彩地球，昼夜转动，
有人类就能增光添彩，日日不同，
寰宇星海，熠熠生辉，
有地球就必有天外来客，惊喜重重……

谈　心

诚实善良是人之本分，
安居乐业是人之常情，
别高估自己指手画脚，
人最缺乏的是自知之明……

山外有山天外有天，
也许你只是一粒灰尘，
一切都交给实践检验，
人最需要的是谦虚谨慎……

智者见智仁者见仁，
实践还再需岁月肯定，
横看成岭侧成峰，
人最难得的是试错修正……

一生的经历价值千金，
一头白发是成熟的象征，
请您付诸笔墨留下见解，
人最快乐的是永与后人谈心……

继往开来

鲁迅笔下的九斤老太太也许说得对：
如今的黄豆比过去硬人也一代不如一代。
除了手机、电脑玩得比前辈出色，
人品、学识……好像并不出彩……

万物在进化有时也会倒退，
进一步退两步完全可能也合常态，
问题是这一代好像并不谦虚：
老不死的别烦、别多嘴……

尺有所短寸有所长，
祖祖辈辈曾出过多少大师、学者，
历史记载中是那么熠熠生辉，
接班的后人不能不认真对待……

你们懂的虽然他们不懂，
他们懂的也许超越你们千百倍，
请仰头望望日月星辰吧请多些敬畏，
站在巨人的肩膀上才能继往开来……

欢天喜地

为了让欢喜更欢喜，
要学会把"欢喜"悄悄藏起，
不告诉喜讯不泄露时机，
突然见面会给亲朋好友最大的惊喜！

为了让欢喜更欢喜，
要学会把"欢喜"掰成不同的小东西，
有时用电话、微信问候爸爸妈妈，
有时别忘给亲人好友捎点爱物送点小礼……

为了让欢喜更欢喜，
要学会把"欢喜"融入逆向思维，
分别时想到下次团聚，
生病了更想到正好休息、调理……

为了让欢喜更欢喜，
要学会时时生活在笑容里，
心态一好免疫力提高思考力活跃，
身心健康百事顺遂做人做进了欢天喜地……

长　足

进一步山穷水尽，
退一步海阔天空，
弱者非弱心胸宽，
以退为进路路通……

天堂虽好莫直冲，
曲径通幽可避锋，
一波三折属常态，
好事多磨才成功……

"过五关斩六将"少炫耀，
"兵败麦城"学教训，
聪明每从失误来，
善变懊丧为从容……

从容为人容万物，
万物容我为我用，
各取所长合己长，
长足一步竟成先锋！

醒

只想到出门必然会遇到好人，
没料到偶然中遇到了您，
闲聊中一句紧接一句，
只觉得一句比一句中听……

我说的您都理解，
我只吐半句您就补充完整，
我不想说的您表示同情，
说我脸上的表情已令人可信……

莫非人间真有什么缘分，
我俩的心跳得如此相近，
重合中还有互补，
互补中同爆出创新……

话逢知己千句少啊，
那就一万遍联系吧添加"微信"，
忽觉得身边有什么在轻摇？
原来枕畔老伴在摇我……我是一场梦醒……

满　足

分别方惜聚时福，
分手方知握手乐，
惋惜总在失去后，
身在福中不知福……

活在当下忘当下，
忙忙碌碌不知足，
时光如水难倒回，
好在记忆无结束……

多少亲情多少爱，
好似陈酒味更足，
回忆一次醉一次，
暖喉暖心暖到骨……

幸为人类幸相识，
同风同雨同欢乐，
忽悟小别胜新婚，
别后重逢更满足……

我

有对必有错，
对中也夹错，
有时先错后对，
有时先对后错……

考试有死的答案，
生活需活的收获，
活生生的人面对活生生的万物，
要活下去更要灵活地工作……

做出最接地气的努力，
力争最佳收益的答复，
事实胜于雄辩，
实践让人胸有成竹……

每一步巧答最难的选择题，
每一天智解最繁的新论述，
比生活生得更快活得更强，
坚持一个独立的鲜活的"我"……

长　生

提笔写成文，
挥毫画成形，
笔下生墨宝，
扬我精气神……

遇友我相送，
路人也相赠，
纸薄情义重，
金山银山轻……

更喜传后人，
万代永谈心，
躯壳算什么，
一纸能还魂……

秦王苦觅长生术，
笨到焚书坑儒生，
若能提笔著雄文，
至今尚在谈笑风生洋洋洒洒论强《秦》……

傻 瓜

信条像一座灯塔，
引导向前向哪；
但信条一旦变成教条，
人就变成了"睁眼瞎"……

脑子转不过弯来，
起步就碰这磕那，
天地间似乎只剩一条路，
而且小到越走越窄……

退一步海阔天空，
想不到满天朝霞，
从来不习惯"逆向思维"，
一下就洞开了脑瓜……

世界之大条条大道通罗马，
转身四顾应接不暇，
原来自己是一只井蛙，
自己美自己、美成了一个傻瓜……

第五辑

家

双木成林三木成森，

双人成从三人成众，

一加一大于二会追加"协作力"，

二加二大于四会自成系统……

所以一到家会倍感温暖，

所以与爷娘儿孙相伴其乐无穷，

地球绕日日绕银河号称"万有引力"，

力源在家在心在心心相印抱团取暖团结才能成功……

所以我万不得已决不离家出走，

离家工作也常回家看看不改初衷，

家是我心中的小太阳永远不落，

我是家中的小星星星座不动……

每个人都爱家故土难离，

直到老去更难忘叶落归根魂归故里，

有天才有地有地才有家有家才有我啊，

我爱家爱家人爱这个不灭的"太阳系"永在宇宙转动……

胜

小孩越看越可爱，
老人越陪越觉累，
若把老态比作自己小时孩童态，
一比顿觉不应该……

"逆向思维"要学会，
"换位思考"需具备，
两眼不"逆"不会"换"，
恰似半瞎半痴呆……

人到快老才知病，
病到痴呆才后悔，
亡羊补牢未为晚，
勤扶爷娘补孝态……

浪子回头金不换，
"老中青"相扶相挽散步越走越可爱，
孝老等于孝自己，
身教胜言教更胜在"逆换"了后面笑看的儿孙辈……

梦

海洋虽大天空虽广比不过心灵广阔，
浩渺的宇宙也逃不过心灵的视角与探索，
我是人类我怕谁？
所有的问号都被纳入手机一触……

人类的文明正在重塑明天，
天造地设也可能修正、试错，
定论不一定是正确的结论，
创新才是应考的题目……

题内之意还有题外之意，
换位思维、逆向思维、多向思维如火花迭出，
人类的大脑大到无所不包，
包容一切还思索着如何突破……

宇宙无止境、突破无约束，
我思故我在、我思必有获，
害怕思想妄图管理思想者正如螳臂当车，
更如痴人说梦、梦不见文明的人类永不会痴呆到
重变奴仆……

气

别怨天、别怨地，
最该怨的是自己，
人间再多不平事，
不该生气气自己……

人家有错你再错，
伤心伤肝伤身体，
笑口常开小看他，
蚍蜉撼大树谈何易……

天生我材必有用，
小小灰尘不进眼里，
心态平和干大事，
步步登高攀天梯……

登高自有登顶乐，
一览群山垫脚底，
底下浮云成衬托，
反衬伟业气死你！

心

人非草木，
孰能无情，
小草也喜连片长，
独木终愿结成林……

民谚有"邻居碗换碗，亲戚篮换篮"，
"千里鹅毛一片心"，
"门前待客自待自，
他日出门有人请"……

情场远比官场广，
皇帝也有三门草鞋亲，
一日遇难躲山村，
粗茶淡饭远胜山珍海味救了命……

化仇为恩是人上人，
化戈为帛是情中圣，
抱团取暖是大智慧，
让人人活得放心开心心心相连心贴心……

字

今日是个好日子，
亲朋好友来赛诗，
不图胜负图快活，
活生生做人"诗言志"……

古人造字最明智，
恶人最恶是造"伪字"，
文字一变百色变，
指鹿为马、洗黑为白成常事……

事在人为此难为，
违背人道逆天时，
天行日月地载道，
螳臂当车属呆痴……

偏有痴人想试一试，
也许万幸无法治，
我是流氓我怕谁，
不知反成反面教材尾注的半行字……

花

日出而作日落息，
日作一诗不吃力，
顺乎天时合地利，
体力脑力相交接……

日有所思夜有梦，
美梦有痕留诗迹，
字字植根情土里，
情天恨海长茎叶……

不愿同根同日生，
但愿同质同气息，
共长情投意合并蒂花，
花熟蒂落成连心结……

日出而作日落息，
最大的收获是结《诗集》，
古训有"人生得一知己足矣"，
今有诗作永生灼灼如花留人迹……

无　问

病情发作有症候，
天作有雨人作有祸，
莫道天人感应属迷信，
违天悖理有警觉……

逆天而行非小可，
违背常理地震火山洋流皆会有感触，
我是流氓我怕谁，
只怕强中更有强中手出手留大作……

长看风物放眼量，
量大福大有归宿，
再大的哲理大不过天道地理，
再狂的狂人也不过如小丑自乐……

人之常情是最长的情，
安宁知足是最大的乐，
活在当下看长远，
无须大惊小怪问什么……

攀　登（二）

心想事成，

夜梦攀登至泰山顶，

鸟瞰众山小，

千山万水千镇万村芸芸众生皆在脚下如蚁行……

回眸一生，

功在不舍、不虚此行，

今已活至高龄，

千欢万笑千恩万怨历历在目皆在眼前陈……

见面都是缘分，

回忆都含情，

情长情短误会埋怨反目成仇了多少同龄人，

皆比我不幸……

俱往矣，俱悔矣，

绵绵一生如一瞬，

诉诸笔墨成小诗，

竟与后人嬉笑怒骂吟诵传唱心想事成鸟瞰到永恒……

太　阳

老友发来新小说，
儿女教我点微博，
小孙子笑我是"科盲"，
老中青三代成"陪读"……

初生之犊不畏虎，
书中的新词如火烛，
毕竟姜还是老的辣，
引出我许多新感触……

不禁技痒拿起笔，
在新书字行间加注述，
《红楼梦》的"眉批"比史料贵，
金圣叹的注释比原文味更足……

儿孙赞叹拍照回老友，
老友连发新书连连邀我再注述，
惊喜"科盲"不盲新老"杂交"更科学，
知识的太阳永不落……

叶家大院

叶家大院真不小，
邻近百村算头挑，
东迎旭日西坐山，
南瞰沃野北朝庙，
堂挂"劳模"都上报，
室亮"合照"尽含笑，
江山代有才人出，
各怀绝技领风骚。

攀 登（三）

莫看一步一尺零，

百步千步到山顶，

莫看那山比这山高，

高不过日日在攀登……

小事大事贵在起步，

进步成功贵在不停，

水滴石穿传为美谈，

龟兔赛跑竟会乌龟赢……

不比特长不比聪明，

比谁更呆谁更笨，

只问耕耘埋头干，

进一步退两步第四、五步还是进……

瞄定目标不放松，

心脏不停步不停，

领奖台上可代领，

攀登路上永须升高"一尺零""一尺零"……

小与大

秋风虽小面子大，
催开一树树金桂花，
半披绿妆半露面，
欲露未露羞答答……

佳人未至香先至，
飞入十里百姓家，
平易近人人人爱，
桂花糕、桂花酒里更升华……

人心不足想久留客，
一张张凉席铺树下，
风撒万金撒满地，
晒成香干泡香茶……

糕友、酒友、茶友多，
多被爱醉争说话，
话中句句骂桂花：
别看花小后劲大……

永不回头

成语有"水滴石穿"，
古训有"锲而不舍，金石可镂"，
看来万事重在开头、贵在不断，
成功永在：看谁坚持到最后……

最后的高山仰止在召唤，
最怕的是活在当下、活得安然，
纵然有勇者跃跃欲试、冲锋陷阵，
可叹更多的虎头蛇尾、半途瘫痪……

为山九仞，功亏一篑，
更有攀登者失败在最后的一搏一斗，
实在太吃力了力气已用光，
重在参与吧见好就收……

小小的我是一个水滴，
拳拳的心跳动不断，
天天的努力是一个个脚印，
永向着高山永不回头……